아담과 이브의 일기

The Diaries of Adam and Eve

Text by Mark Twain and illustrations by Francisco Meléndez

ⓒ 2010, Libros del Zorro Rojo, Barcelona-Buenos Aires

www.librosdelzorrorojo.com

ⓒ Illustrations : Francisco Meléndez

Korean Translation Copyright ⓒ 2021 by MUNHAKDONGNE Publishing Corp.,
All rights reserved.
This Korean language edition is published by arrangement
with Albur Producciones Editoriales SL through MOMO Agency, Seoul.

이 책의 한국어판 저작권은 모모 에이전시를 통해
Albur Producciones Editoriales SL 사와 독점 계약한 (주)문학동네에 있습니다.
저작권법에 의해 한국 내에서 보호를 받는 저작물이므로
무단 전재 및 무단 복제를 금합니다.

아담과 이브의 일기

마크 트웨인 소설 | 프란시스코 멜렌데스 그림 | 김송현정 옮김

문학동네

일러두기

1. 주석은 모두 옮긴이주다.
2. 번역 저본으로는 *Extracts from Adam's Diary* (Mark Twain, New York: HARPER & BROTHERS, 1904)와 *Eve's Diary* (Mark Twain, New York: HARPER & BROTHERS, 1906)를 사용했다.

차례

아담의 일기 발췌
원전 번역

주—— 내가 몇 년 전에 이 일기의 일부를 번역했고, 내 친구 하나가 미완성본 몇 부를 인쇄했으나, 일반이 구해서 볼 수는 없었다. 그후로 나는 상형문자로 된 아담의 글을 조금 더 해독했고, 이제 이렇게 출판을 해도 괜찮을 만큼 아담이 대중적 인물로 중요해졌다는 생각이 든다.
—— M. T.

27.07.09
P. Meléndez

월요일

이 긴 머리의 새로운 피조물이 아주 거치적댄다. 항상 얼쩡거리며 나를 졸졸 따라다닌다. 나는 이런 행동이 마음에 들지도 않거니와 누군가와 함께 있는 것도 어색하다. 그것이 다른 동물들하고 지내면 좋겠다…… 오늘은 흐리고 동풍이 부니, 우리에게 비가 찾아올 모양이다…… 우리? 내가 그 단어를 어디서 들었더라?…… 지금 떠올랐는데, 새로운 피조물이 그 말을 쓴다.

화요일

거대한 폭포를 살펴보던 중이었다. 이 땅에서 가장 멋진 존재가 아닐까

27.07.09

P. Meléndz

싶다. 새로운 피조물은 그것을 나이아가라폭포라고 부르는데, 그 이유를 나는 정말 모르겠다. 나이아가라폭포처럼 **생겨서**란다. 그건 이유가 아니라, 쇠고집이자 바보짓에 불과하다. 내가 직접 이름을 붙일 새도 없다. 새로운 피조물은 내가 이의를 제기하기도 전에, 보이는 모든 것에 이름을 붙여버린다. 그리고 항상 그 똑같은 핑계를 댄다. 그렇게 **생겼잖아**. 가령, 도도새가 있다고 치자. 그것을 보자마자 한눈에 "도도새처럼 생겼네"라고 말한다. 그러면 그것은 으레 그 이름을 갖게 된다. 그런 일에 안달복달하자니 넌더리가 나고, 어차피 그래 봤자 아무 소용이 없다. 도도새라니! 그것은 나만큼이나 전혀 도도새처럼 생기지 않았다.

수요일

내 몫으로 비를 피할 거처를 지었으나, 마음 편히 독차지할 수 없었다. 그 새로운 피조물이 들이닥쳤다. 내가 내쫓으려 하자 그것은 사물을 보는 구멍에서 물을 쏟더니, 손등으로 그 물을 훔쳐내며 다른 몇몇 동물이 괴로울 때 내는 그런 소리를 냈다. 말을 하지 않으면 좋으련만, 그것은 쉴새없이 말을 한다. 내가 그 가엾은 피조물을 치사하게 욕하고 헐뜯는 것처럼 들리는데, 그럴 의도는 없다. 나는 인간의 목소리를 들어본 적이 없을 뿐더러, 여기 이 꿈같은 외딴곳의 엄숙한 고요를 침범하는 새롭고 낯선 소리는 무엇이든 귀에 거슬리고 어긋난 음정처럼 느껴진다. 더구나 이 새로운 소리는 너무나 가까이에서, 바로 내 어깨에서, 바로 내 귀에서, 처음에는 한쪽에서 그러다가 반대쪽에서 들려오는데, 나는 얼마쯤 떨어진 곳에서 들리는 소리에만 익숙하다.

금요일

내가 무슨 짓을 해도, 이름 붙이기는 무턱대고 계속된다. 나는 이 땅에 걸맞은 아주 훌륭한 이름을 하나 생각해두었는데, 그 이름은 듣기 좋고 예뻤다. 에덴동산. 남몰래 나는 계속 그렇게 부르지만, 이제 공공연히 그러지는 않는다. 새로운 피조물은 이곳이 온통 숲과 바위와 경관뿐이라 동산과 닮은 구석이 전혀 없다고 한다. 이곳은 공원처럼 생겼으며, 공원 말고는 그 무엇처럼도 생기지 않았다고 말이다. 결국, 나와 상의도 없이, 이곳에 새 이름이 붙었다. 나이아가라폭포공원. 내가 보기에, 이는 충분히 독단적인 행동이다. 게다가 어느새 팻말이 하나 서 있다.

> 잔디밭
> 출입 금지

내 삶이 예전만큼 행복하지 않다.

토요일

새로운 피조물이 과일을 지나치게 많이 먹는다. 십중팔구 우리는 식량이 바닥날 것이다. 또 '우리'라니, 그것이 쓰는 말인데, 하도 많이 들어서, 이제, 나까지 쓴다. 오늘 아침에는 안개가 짙게 끼었다. 나 자신은 안개가 끼면 밖에 나가지 않는다. 새로운 피조물은 나간다. 날씨가 어떻든 밖에 나갔다가 진흙 발로 쿵쿵대며 안으로 들어온다. 그러고는 재잘댄다. 전에는 이곳이 아주 쾌적하고 조용했건만.

일요일

잘 버텼다. 이 요일이 점점 더 견디기 힘들어진다. 지난 11월에 이 요일을 택해 특별히 휴일로 정했다. 진즉부터, 나는 이미 일주일에 엿새를 쉬었다. 오늘 아침에 새로운 피조물이 흙덩이를 던져 금단의 나무에서 사과를 떨어뜨리려고 했다.

월요일

새로운 피조물이 자기 이름은 이브란다. 그렇대도 상관없고, 반대할 이유도 없다. 자신을 오게 하고 싶을 때 나더러 그 이름을 부르란다. 그렇다면 그 이름은 무용하다고 내가 말했다. 아무래도 그 단어가 나에 대한 그것의 존경심을 북돋운 듯한데, 참으로 거창하고 훌륭한 단어이니, 계속 써도 좋겠다. 그것이 말하길 자기는 '그것'이 아니라 '그녀'란다. 이 말이 다분히 의심스럽기는 하지만, 나에게는 매한가지이며, 그녀가 그저 혼자 다니고 재잘대지만 않는다면 그녀가 무엇이든 대수겠는가.

화요일

그녀가 형편없는 이름과 거슬리는 팻말들로 이 땅을 온통 어질러놓았다.

☞ **소용돌이 가는 길**

☞ **염소 섬 가는 길**

☞ **바람의 동굴은 이쪽**

그녀가 말하길 찾아오는 손님이 있다면, 이 공원은 산뜻한 여름 휴양지가 될 거란다. 여름 휴양지란, 그녀의 또다른 발명품인데, 그냥 아무 뜻도 없는 단어의 나열이다. 여름 휴양지가 뭘까? 하지만 그녀에게 묻지 않는 편이 최선인데, 그녀는 설명이라면 아주 환장을 한다.

금요일

그녀는 나에게 폭포를 건너다니지 말라고 사정하는 버릇이 들었다. 그게 뭐가 나빠서? 내가 그럴 때마다 그녀는 몸서리가 난단다. 그 이유가 궁금하다. 나는 항상 그래왔고, 물에 뛰어드는 일도, 그 짜릿함도, 그 시원함도 언제나 좋았다. 그것이 폭포가 존재하는 이유라고 생각했다. 내가 아는 폭포의 용도는 그뿐인데, 폭포는 분명 어딘가 쓸데가 있어서 만들어졌을 것이다. 그녀가 말하길, 폭포는 코뿔소와 마스토돈*처럼 오로지 경관을 위해서 만들어졌단다.

내가 통을 타고 폭포를 건넜으나 그녀가 탐탁지 않아 했다. 함지박을 타고 건넜으나 여전히 탐탁지 않아 했다. 그래서 무화과 잎을 두르고 '소용돌이'와 '여울'을 헤엄쳐 건넜다. 무화과 잎이 많이 망가졌다. 그런 이유로 내 엉뚱한 행동에 대한 지겨운 푸념이 이어졌다. 이곳에서 나는 지나치게 간섭을 많이 받는다. 나에게는 분위기 전환이 필요하다.

토요일

지난 화요일 밤에 도망쳐나와, 이틀 동안 이동해, 외딴곳에 거처를 하나

---

* 코끼리와 유사한 고대 포유류.

더 짓고, 최선을 다해 내 발자국을 지웠건만, 그녀는 직접 길들여서 늑대라고 이름 붙인 짐승을 이용해 나를 찾아내서는, 이번에도 그 가련한 소리를 내고, 사물을 보는 부위에서 예의 그 물을 쏟으며 나타났다. 나는 마지못해 그녀와 돌아가야 했지만, 머지않아 기회가 생기면 다시 떠날 작정이다. 그녀는 여러 가지 바보짓으로 분주한데, 그중에서도 특히, 사자와 호랑이라는 동물이, 그녀의 말마따나, 서로 잡아먹을 것같이 생긴 이빨을 가졌음에도 왜 풀과 꽃을 먹고 사는지 그 이유를 알아내려고 노력중이다. 이것이 바보짓인 까닭은, 그러자면 서로를 죽여야 할 테고, 그리하면 내가 알기로 '죽음'이라는 것이 초래될 텐데, 내가 들은 바에 따르면, 이 공원에는 아직 죽음이 들어오지 않았기 때문이다. 어떤 면에서 이는 참 애석한 일이다.

일요일

잘 버텼다.

월요일

평일의 존재 이유를 알 것 같다. 일요일의 무료함에서 벗어나 기운을 되찾을 시간을 주기 위해서다. 좋은 생각 같다…… 그녀가 또 그 나무에 오르고 있었다. 흙덩이를 던져서 그녀를 떨어뜨렸다. 그녀는 보는 사람이 아무도 없다고 말했다. 그것이 어떤 위험한 일을 감행할 충분한 명분이 된다고 생각하는 모양이다. 그녀에게 그렇게 말했다. 명분이라는 단어가 그녀의 감탄, 그리고 부러움까지 자아낸 듯했다. 훌륭한 단어다.

화요일

그녀는 자신이 내 몸에서 떼어낸 갈비뼈로 만들어졌다고 말했다. 적어도 이 말은 의심스러운 것 이상이다. 나는 갈비뼈를 잃어버린 적이 없으니까…… 그녀는 말똥가리 때문에 무척이나 골머리를 앓고 있는데, 말똥가리에게는 풀이 받지 않는다면서, 말똥가리를 기르지 못할까봐 불안해하고, 애초에 말똥가리는 썩은 고기를 먹고 살도록 만들어졌다고 생각한다. 말똥가리는 주어진 상황에서 최선을 다해 살아가야 한다. 우리가 말똥가리의 편의를 봐주자고 모든 체계를 뒤엎을 수는 없다.

토요일

어제 그녀는 언제나처럼 연못에 비친 자신의 모습을 바라보다가 연못에 빠졌다. 하마터면 숨이 막혀 죽을 뻔했는데, 몹시 괴로웠다고 한다. 이 일로 그녀는 그곳에 사는 생물들을 가여워하게 되었고, 그것들에게 물고기라고 이름을 지어주었는데, 그녀는 이름이 필요치 않고 이름을 불러도 오지 않는 것들에게 줄기차게 계속 이름을 붙이면서도 그 사실을 대수롭게 여기지 않으니, 여하튼 그 정도로 돌머리다. 그런 이유로 그녀는 지난밤에 물고기를 여러 마리 건져 가지고 와서는 따뜻하게 해준다며 내 잠자리에 집어넣었는데, 온종일 내가 이따금 눈여겨보았으나 그것들이 이곳에서 전보다 조금이나마 더 행복한지는 잘 모르겠고, 그저 더 조용하기는 하다. 밤이 오면 그것들을 집 밖으로 던져버릴 것이다. 그것들과 다시는 함께 자지 않을 작정인데, 사람이 아무것도 걸치지 않은 상태로 그것들 사이에 누워 있으면 축축하고 불쾌하기 때문이다.

일요일

잘 버텼다.

화요일

그녀는 이제 어떤 뱀과 친해졌다. 다른 동물들이 이를 반기는데, 그녀가 실험한답시고 끊임없이 그들을 성가시게 해왔기 때문이다. 그리고 나도 반가운데, 그 뱀이 말을 할 줄 아는 덕에 내가 쉴 수 있어서다.

금요일

그녀는 뱀이 그 나무의 열매를 맛보라고 권한다면서, 그 결과가 굉장하고 멋지고 귀한 경험이 될 거란다. 나는 다른 결과도 있을 것이며, 그 일로 세상에 죽음이 초래될 거라고 그녀에게 말했다. 그 말은 실수였고, 나만 알고 있는 편이 더 나았을 것이다. 그 말을 듣고서 그녀는 아픈 말뚱가리를 살리고, 풀죽은 사자와 호랑이에게 신선한 고기를 제공할 수 있겠다는 생각만을 떠올렸을 뿐이다. 나는 그녀에게 그 나무에 가까이 가지 말라고 충고했다. 그녀는 싫다고 했다. 예견하건대 문제가 생길 것이다. 이곳을 떠나야겠다.

수요일

　파란만장한 시간을 보냈다. 나는 그날 밤에 도망쳐나와 밤새 말을 타고 전속력으로 달리면서, 문제가 시작되기 전에 이 공원에서 완전히 벗어나 다른 지역에 숨게 되기를 바랐지만, 그렇게 되지 않았다. 동이 트고 한 시간쯤 지났을 무렵, 나는 말을 타고 꽃이 만발한 평원을 달리고 있었는데, 그곳에서 수천 마리의 동물이 그들의 습성대로 풀을 뜯거나 잠을 자거나 서로 장난을 치다가, 갑자기 무시무시한 소리를 한바탕 내지르더니 한순간 평원은 광란의 소요 속으로 빠져들었고 모든 짐승들이 서로를 죽여댔다. 나는 이것이 뜻하는 바를 알았다. 이브가 그 열매를 먹었고, 죽음이 이 세상에 들어온 것이다…… 호랑이들은 내 말을 잡아먹으면서 내가 그만두라고 명령을 해도 전혀 개의치 않는데, 계속 머물렀다면 나까지 잡아먹혔을 것이다. 나는 머무적대지 않고 부리나케 자리를 떴다…… 나는 공원 밖에서 이곳을 발견했고 며칠 동안 꽤 편하게 지냈지만 그녀가 나를 찾아냈다. 그녀는 나를 찾아낸 뒤, 이곳에 토나완다*라는 이름을 붙였는데, 이곳이 그렇게 생겼단다. 사실, 나는 그녀가 온 게 싫지 않았는데, 이곳에는 땅에 떨어진 변변찮은 열매들밖에 없었으나, 그녀가 그 사과를 몇 개 가져왔기 때문이다. 나는 마지못해 그것들을 먹었으며, 그 정도로 배가 고팠다. 내 원칙에 반하는 행동이었지만, 내가 겪어보니 배고픔 앞에서 그 원칙들은 실질적인 효력을 발휘하지 못한다…… 그녀가 나뭇가지와 나뭇잎 다발로 몸을 가리고 왔기에, 내가 어쩌자고 그런 허튼짓을 하느냐고 물으며 그것들을 잡아채서 던져버리자, 그녀가 킥킥대며 얼굴을 붉혔다. 나는 지금껏 사람이 킥킥대며 얼굴을 붉히는 모습을 한 번도 본 적이 없었기에, 그 모양새가 꼴사납고 멍청해 보였다. 그녀는 내가 머지않아 그 까닭을 스스로 알게 될 거라고 말했다. 그 말이 옳았다. 나는 배가 고팠음에도, 반쯤 먹던 사과, 확실히 끝물치고는 내가 본 최고의 사과를 내려놓았다. 그리고 버려져 있던 크고 작은 나뭇가지들로 내 몸을 치장하고는 약간 엄격한 말투로 그녀에게, 가서 뭘 좀더 걸치고 그렇게 남부끄러운 모습으로 있지 말라고 명령했다. 그녀는 그렇게 했으며, 그후에 우리는 야수들이 싸움을 벌였던 곳으로 살금살금 다가가서 가

---

* 미국 뉴욕주 서북부, 버펄로 근처의 지명.

죽을 좀 거두어 왔고, 나는 그녀에게 가죽을 잇대어 공적인 자리에 어울릴 만한 옷 두 벌을 만들게 했다. 사실, 그런 옷은 불편하긴 해도, 맵시가 나는데, 그것이 의복의 핵심이다…… 겪어보니 그녀는 퍽 좋은 동반자다. 나는 동산을 잃어버렸기에 그녀가 없었다면 외롭고 우울했을 것이다. 게다가, 그녀가 말하길, 장차 우리는 일을 해서 먹고살도록 운명 지어졌단다. 그녀가 쓸모가 있을 것이다. 내가 단속하겠다.

열흘 뒤

그녀는 내가 우리의 재앙을 불러왔다고 비난한다! 그녀가 정직하고 진실해 보이는 태도로 말하길, 금단의 열매는 사과가 아니라 밤栗이라고 그 뱀이 장담하더란다. 그렇다면 밤을 하나도 먹지 않았으니 나에게는 죄가 없다고 내가 말했다. 그녀가 말하길, '밤'은 낡고 곰팡내 나는 농담을 뜻하는 비유적인 말이라고 그 뱀이 알려주더란다. 그 말에 내 얼굴이 하얗게 질리고 말았는데, 나는 따분한 시간을 보내기 위해 농담을 많이 해왔고, 스스로 정말 참신하다고 생각하면서 농담을 했을지언정 개중에 그런 농담이 섞여 있었을 수도 있기 때문이었다. 그녀는 나에게 재난이 일어날 당시에 농담을 했느냐고 물었다. 나는 큰 소리는 아니지만, 혼잣말로 농담을 했다고 마지못해 인정했다. 사정은 이러했다. 나는 폭포에 대해 생각하다가 혼잣말을

Francisco Meléndes
13 . 08 . 2009

했다. "그 거대한 물줄기가 저 밑으로 쏟아져내리는 모습을 보는 건 얼마나 멋진 일인가!" 그러자 순간적으로 기발한 생각이 머리에 떠올랐고, 나는 그 생각을 말로 내뱉었다. "저 위로 솟구쳐오르는 모습을 본다면 훨씬 더 멋질 텐데!" 내가 그 농담에 숨넘어갈 듯 웃고 있을 때 만물이 속박에서 벗어나 서로 싸우고 죽이기 시작했고, 나는 죽을힘을 다해 달아나야 했다. "그것 봐." 그녀가 의기양양하게 말했다. "바로 그거야. 그 뱀이 바로 그 우스갯소리를 언급하면서 그걸 '최초의 밤'이라고 불렀고, 그건 천지창조와 더불어 시작되었다고 했어." 아아, 실로 내 탓이로구나. 내가 재치 있는 사람이 아니라면, 아, 내가 그런 빛나는 생각을 결코 떠올리지 않았더라면!

이듬해

우리는 그것에게 카인이라는 이름을 지어주었다. 그녀가 그것을 잡았을 때 나는 내륙에 있는 이리호 북쪽 기슭에서 덫을 놓고 있었는데, 그녀가 우리의 움막에서 3킬로미터쯤 떨어진 숲에서 그것을 잡았다. 아니면 6킬로미터였을 수도 있는데, 그녀는 어느 쪽인지 확신하지 못한다. 어찌 보면 그것은 우리와 닮았으며, 어쩌면 우리와 동족일지도 모른다. 그녀의 생각은 그렇지만, 내가 판단하기에 이는 착각이다. 크기의 차이를 볼 때 그것이 색다른 신종 동물이라고 결론짓지 않을 수 없다. 어쩌면 물고기일 수도 있는데,

11_08.09
P. Meléndez

내가 알아보려고 물속에 집어넣으니 그것이 가라앉았고, 그러자 그녀가 뛰어들어 그것을 건져내는 바람에 실험을 통해 그 문제를 밝혀낼 기회가 미처 없었다. 나는 여전히 그것이 물고기라고 생각하지만, 그녀는 그것이 무엇인지 개의치 않으며, 내가 그것을 가지고 시험을 하게 내버려두지 않는다. 나는 이것이 이해가 안 된다. 그 피조물이 오고 나서 그녀는 천성이 완전히 바뀌어 실험에 대해 무분별한 태도를 갖게 된 것 같다. 그녀는 그것을 다른 어떤 동물보다 각별하게 여기면서도, 그 이유를 설명하지 못한다. 그녀는 제정신이 아닌데, 모든 면에서 그런 티가 난다. 그녀는 이따금 그 물고기가 칭얼대며 물에 가고 싶어하면 그것을 품에 안고 밤을 지새우다시피 한다. 그럴 때면 사물을 내다보는 그녀의 얼굴 부위에서 물이 흐르고, 그녀는 물고기를 달래느라 그것의 등을 다독이고 입으로 부드러운 소리를 내면서, 백방으로 슬픔과 근심을 드러낸다. 나는 그녀가 다른 어떤 물고기한테도 그러는 모습을 본 적이 없으며, 그래서 대단히 걱정스럽다. 우리가 동산을 잃어버리기 전에 그녀가 새끼 호랑이들을 그런 식으로 안고 다니며 함께 놀기는 했지만, 그것은 단지 놀이에 불과했고, 음식이 새끼 호랑이들의 몸에 받지 않았을 때도 그녀가 이렇게까지 야단을 떨지는 않았다.

일요일

그녀는 일요일에 일을 하지 않는데도 완전히 축 늘어져서 되는대로 누워 있고, 그 물고기를 제 몸 위에 올려놓고 바동거리게 하기를 좋아하는데, 그녀가 물고기를 즐겁게 한답시고 바보 같은 소리를 내고 그것의 발을 깨무는 시늉을 하면 그것이 웃는다. 나는 이제껏 웃을 줄 아는 물고기를 본 적이 없다. 그래서 긴가민가하다…… 나 자신은 일요일을 좋아하게 되었다. 일주일 내내 단속을 하자면 몸이 그렇게 피곤할 수가 없다. 일요일이 더 많아져야 한다. 예전에는 일요일이 고달팠지만, 지금은 쓸모가 있다.

수요일

그것은 물고기가 아니다. 무엇인지 도무지 모르겠다. 그것은 만족스럽지 않으면 괴상하고도 악마 같은 소리를 내고, 만족스러우면 옹알옹알한다. 걷지 않으니 우리 같은 사람은 아니고, 날지 않으니 새도 아니고, 폴짝대지 않으니 개구리도 아니고, 기지 않으니 뱀도 아니다. 헤엄을 칠 수 있는지 없는지 알아낼 기회는 없었지만, 확실히 물고기는 아니다. 그것은 대개 바닥에 누워 발을 쳐들고 빈둥대기만 한다. 나는 다른 동물이 그러는 모습을 한 번도 본 적이 없다. 내가 그것은 아무래도 정체불명 같다고 말했더니, 그녀는 무슨 뜻인지도 모르면서 그 단어에 감탄만 했다. 내가 판단하기에 그것은 정체불명이거나 아니면 곤충의 일종이다. 그것이 죽으면, 해부해서 구조가 어떤지 알아봐야겠다. 지금껏 나를 이토록 당혹스럽게 만드는 존재는 없었다.

석 달 뒤

당혹감이 줄기는커녕 늘어간다. 나는 거의 잠을 이루지 못한다. 그것은 누워서 빈둥대기를 고만두고 이제는 네발로 돌아다닌다. 그렇지만 다른 네발짐승과는 달리 앞다리가 유난히 짧은 탓에, 몸통이 거북하게 허공으로 불쑥 솟아서 그 모양새가 보기 흉하다. 그것은 우리와 골격이 아주 비슷하지만 보행 방식으로 보아 우리 종족은 아니다. 짧은 앞다리와 긴 뒷다리는 캥거루과라는 징표이지만, 진짜 캥거루는 깡충깡충 뛰는 반면, 이놈은 결코 깡충대지 않으니 뚜렷이 구별되는 변종이다. 하지만 그것은 괴상하고 흥미로운 품종이며, 이제껏 캥거루과로 분류된 적이 없다. 내가 이를 발견했으므로 그것에 내 이름을 붙여서 발견의 공로를 인정받는 것이 정당하다고 생각했고, 따라서 그것을 **캥거루럼 아다미엔시스**Kangaroorum Adamiensis라고 명명했다…… 그것이 이곳에 왔을 때는 분명 새끼였던지, 그후로 훌쩍 자랐다. 그때에 비하면 지금은 필시 다섯 배는 커졌고, 불만스러울 때면 처음에 내던 소리보다 스물두 배에서 서른여덟 배는 큰 소리를 낼 수 있다. 우격다짐으로는 이를 고치지 못하며 오히려 역효과를 낸다. 이러한 이유로 나는 그 방식을 버렸다. 그녀는 설득도 하고, 전에는 주지 않겠다고 했던 것들을 주기도 하면서 그것을 달랜다. 이미 언급했듯이, 그것이 처음 왔을 때 나는 집에 없었고, 그녀는 나에게 그것을 숲에서 발견했다고 했다. 그것이 유일한 놈이라니 기묘한 일이기는 하나, 사실이 그러한데, 나는 수집품에 추가할 요량으로, 그리고 놀이 친구가 생기면 이놈이 확실히 더 얌전해질 테고, 그러면 우리가 더 수월하게 놈을 길들일 수 있겠다 싶은 생각에, 다른 놈을 찾으려고 요 몇 주 동안 진이 빠지도록 노력했다. 하지만 단 한 놈도 찾지 못했고, 어떠한 흔적도 발견할 수 없었는데, 무엇보다 이상한 점은 발자국이 하나도 없다는 사실이다. 그것은 땅 위에서 살아야 하고, 제힘으로는 어찌할 도리가 없는데, 무슨 수로 발자국 하나 남기지 않고 돌아다니는 걸까? 내가 덫을 열두 개나 놓았으나 아무런 소용이 없었다. 그것만 빼고 온통 작은 동물들이 잡혔는데, 그 동물들은 그저 호기심에 왜 거기에 우유가 있는지 알아보려고 덫 안으로 들어간 모양이다. 그것들은 결코 우유를 먹지 않는다.

석 달 뒤

그 캥거루가 아직도 계속 자라는데, 매우 이상하고 당혹스럽다. 나는 그렇게 오랫동안 자라는 동물을 본 적이 없다. 이제는 머리에 털도 났는데, 캥거루 털이랑은 다르고, 우리 머리털하고 똑같지만, 훨씬 가늘고 부드러우며, 검지 않고 붉다. 나는 동물학적으로 분류할 수 없는 이 괴짜의 변화무쌍하고 성가신 성장 때문에 미쳐버릴 것 같다. 다른 놈을 잡을 수 있다면 얼마나 좋을까마는, 가망 없는 일이다. 그것은 새로운 품종이자 유일한 표본이며, 이는 명백한 사실이다. 그럼에도 나는 진짜 캥거루를 한 마리 잡아 왔고, 그러면서 생각하기를, 외로운 이놈이 피붙이 하나 없이 지내느니 그 캥거루를 벗삼든지, 아니면 친근감을 느끼거나 공감을 얻을 만한 어떤 동물이라도 곁에 두면, 놈의 행동 방식이나 습성도 모르고 친구들 속에 있는 것처럼 느끼게 해줄 방법도 모르는 낯선 이들에게 둘러싸인 이곳의 쓸쓸한 처지에 그나마 도움이 되겠다 싶었다. 하지만 내 생각은 실수였으며, 그것이 캥거루를 보고 어찌나 기겁을 하던지, 나는 그것이 캥거루를 한 번도 본 적이 없다고 확신했다. 그 가엾고 시끄러운 작은 짐승이 측은하지만, 그것을 행복하게 해줄 도리가 없다. 그것을 길들일 수 있다면 얼마나 좋을까마는, 어림없는 일이며, 내가 노력할수록 상황이 더 나빠지는 듯하다. 그것이 슬픔과 격정의 작은 폭풍에 휩싸여 있는 모습을 보면 내 가슴이 몹시 아프다. 그것을 놓아주고 싶었으나, 그녀가 내 말을 들으려 하지 않았다. 그러한 처사는 잔인하고 그녀답지 않아 보였지만, 그녀가 옳을지도 모른다. 그것은 어느 때보다 더 외로워질지도 모른다. 나도 다른 놈을 찾지 못했는데 그것이 무슨 수로?

Francisco Meléndez
15. 08. 2009

다섯 달 뒤

그것은 캥거루가 아니다. 맙소사, 그것은 그녀의 손가락을 붙잡아 몸을 지탱하고서 그렇게 뒷다리로 몇 걸음 걷고는 주저앉는다. 그것은 어쩌면 무슨 곰 종류인 모양인데, 그렇다 해도 아직까지 꼬리가 없고, 머리를 제외하면 털도 나지 않았다. 그것은 여전히 계속 자라는 중으로, 곰들은 이보다 일찍 성장이 끝나기 때문에 이 상황은 기이하기 짝이 없다. 우리에게 재난이 닥친 이후로, 곰은 위험한 동물이 되었기에, 나는 이놈이 입마개 없이 이곳을 알짱거리는 모습을 오래도록 두고 보지는 않을 것이다. 이놈을 놓아주면 내가 캥거루를 한 마리 구해다주겠다고 그녀에게 제안했지만 소용없었다. 그녀는 우리를 온갖 어리석은 위험에 빠뜨리기로 작정한 모양이다. 제정신이었을 때 그녀는 이렇지 않았다.

이 주 뒤

그것의 입을 살펴보았다. 이빨이 하나뿐이라 아직은 위험하지 않다. 꼬리는 아직 없다. 그것은 이제 예전보다 더 시끄러운 소리를 내는데, 주로 밤에 그런다. 나는 이사를 나왔다. 하지만 아침마다 건너가 아침밥도 먹고, 그것의 이빨이 더 많아졌는지도 알아볼 작정이다. 입안 가득히 이빨이 나면, 꼬리가 있건 없건, 그때는 그것을 내보내야 할 텐데, 곰이 꼬리가 있어야만 위험한 건 아니니까.

넉 달 뒤

나는 그녀가 버펄로라고 부르는 지역으로 떠나 한 달 동안 사냥과 낚시를 했다. 버펄로라고는 한 마리도 없는데, 왜 그곳을 버펄로라고 부르는지 모르겠다. 그동안 그 곰은 혼자서 뒷다리로 아장아장 걸어다니는 법을 익혔고, '아빠'와 '엄마' 소리도 한다. 그것은 확실히 새로운 종이다. 물론, 이렇게 말 비슷한 소리를 내는 것은 순전히 우연이고 어떠한 의도나 의미는 없을 테지만, 설사 그렇다 치더라도 이는 여전히 이례적인 경우이고, 다른 곰은 하지 못하는 일이다. 털이 별로 없고 꼬리는 아예 없는데다 이렇게 말까지 흉내낸다는 것은, 이놈이 새로운 종류의 곰이라는 사실을 충분히 보여준다. 놈을 더 연구하면 대단히 흥미로울 것이다. 한편 나는 북쪽 숲으로 멀리 탐험을 떠나 철저한 수색을 할 것이다. 분명 어딘가에 다른 놈이 틀림없이 존재할 테고, 이놈이 제 종족과 함께 있으면 덜 위협적일 것이다. 즉시 떠나야겠다. 그런데 먼저 이놈한테 입마개부터 씌우고.

석 달 뒤

　지루하고도 지루한 수색이었으나, 아무런 성과도 얻지 못했다. 그사이 그
녀는, 우리의 근거지에서 한 발짝도 벗어나지 않고, 다른 놈을 잡았다! 나
는 그런 행운을 만난 적이 없다. 나였다면 백 년 동안 이 숲을 수색해도 결
코 그 녀석을 발견하지 못했을 것이다.

다음날

새로운 놈과 오래된 놈을 비교해보았더니, 지극히 명백하게 두 놈은 같은 종이다. 나는 수집용으로 둘 중 한 놈을 박제하려고 했는데, 웬일인지 그녀가 그 일에 반감을 드러내는 통에 마음을 접었지만, 아무래도 실수한 듯싶다. 두 놈이 도망이라도 가면, 이는 과학계에 돌이킬 수 없는 손실이 될 것이다. 오래된 놈은 전에 비해 순해졌으며, 웃기도 하고 앵무새처럼 말도 하는데, 고도의 모방 능력을 가진 놈이라, 아마 앵무새와 오랫동안 함께 지내면서 이런 행동을 배운 모양이다. 이놈이 새로운 종류의 앵무새로 밝혀진다면 매우 놀랍긴 하겠지만, 그리 놀랄 일만도 아닌 것이, 이놈은 처음에 물고기였던 그 시절부터 이미 제가 생각할 수 있는 그 무엇으로든 존재해왔기 때문이다. 지금 새로운 놈은 오래된 놈이 처음에 그랬던 것처럼 못생겼는데, 예의 그 유황에 날고기를 섞어놓은 듯한 얼굴빛에 예의 그 털 한 가닥 없는 희한한 머리를 하고 있다. 그녀는 그것을 아벨이라고 부른다.

십 년 뒤

그들은 사내아이들이며, 우리는 오래전에 그 사실을 깨달았다. 그 아이들이 그토록 작고 미성숙한 상태로 온 까닭에 우리는 당황했는데, 그런 모습에 우리가 익숙하지 않기 때문이다. 이제는 여자아이들도 몇 명 있다. 아

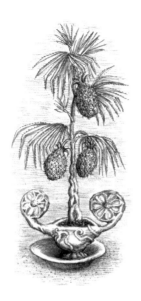

벨은 착한 아이인 반면, 카인은 계속 곰인 채로 있었다면 더 나은 존재가 되었을 것이다. 이 모든 세월이 지나고 보니, 내가 초반에 이브를 잘못 판단했음을 알겠으며, 그녀 없이 동산 안에서 사느니 그녀와 함께 동산 밖에서 사는 편이 더 낫다. 처음에 나는 그녀가 말을 너무 많이 한다고 생각했지만, 이제는 그 목소리가 침묵에 잠겨 내 삶에서 사라져버린다면 안타까울 것이다. 우리를 가까이 하나로 맺어주고 나를 깨우쳐 그녀의 선량한 마음과 그녀의 다정한 영혼을 알게 한 그 밤栗에 축복 있으라!

끝

이브의 일기

원전 번역

토요일

나는 이제, 태어난 지 만 하루쯤 됐다. 나는 어제 세상에 왔다. 내 생각에는 그렇다. 그리고 내 생각이 틀릴 리 없는데, 만약 어제 이전의 날이 존재했다면 당시에 내가 그곳에 없었거나, 그렇지 않다면 당연히 기억이 날 것이기 때문이다. 물론, 그런 날이 정말로 있었는데 내가 알아차리지 못했을 수도 있다. 좋다. 이제부터 나는 정신을 바짝 차리고 만약 어제 이전의 날을 마주치게 되면 그것에 대해 적어두겠다. 당장 시작해서 기록이 뒤죽박죽되지 않도록 하는 게 가장 좋을 텐데, 이런 상세한 기술이 훗날 역사가에게 요긴하리라는 어떤 직감이 들기 때문이다. 내 존재가 어떤 실험 같다는 기분이 드는 걸로 봐서, 아무래도 내가 꼭 실험 같다. 나보다 더 자신의 존재가 실험 같다고 느끼는 사람은 있을 수 없을 테니, 내 존재 이유가 실험, 단지 실험, 그뿐이라는 확신이 든다.

그러니까 내가 실험이라면, 내가 실험의 전체일까? 아니, 그렇지 않겠지. 그 밖의 것들도 실험의 일부겠지. 내가 실험의 중심이지만, 나머지도 이 일에 관계가 있겠지. 내 위치는 보장되었을까, 아니면 내가 지키고 보호해야 할까? 아마 후자겠지. 끊임없는 경계가 우위의 대가라는 어떤 직감이 든다. (아주 어린 사람의 말치고는, 괜찮은 것 같다.)

오늘은 어제보다 모든 것이 더 좋아 보인다. 어제는 끝내는 데 급급했던 나머지 산들은 울퉁불퉁한 상태로 방치되었고, 몇몇 평원은 쓰레기와 지스러기로 몹시 어수선해서 그 모습이 상당히 처참했다. 고귀하고 아름다운 예술 작품들은 조급하게 만들어져서는 안 된다. 이 웅장한 신세계는 참으로 대단히 고귀하고 아름다운 작품이다. 게다가 시간이 부족했음에도, 실로 놀라우리만치 완벽에 가깝다. 어떤 곳에는 별이 아주 많고 어떤 곳에는 부족하지만, 그런 것은 아마 머지않아 개선되겠지. 지난밤에는 달이 느슨해지면서 아래로 미끄러지더니 하늘 밖으로 떨어져버렸는데, 이는 아주 막대한 손실이어서 그 생각을 하면 몹시 속상하다. 장신구와 장식품 중에서 그 아름다움과 다듬질이 달에 비견될 만한 것은 없다. 달을 더 꽉 붙들어 매놓았어야 했다. 달을 되찾을 수만 있다면……

하지만 물론 달이 어디로 갔는지는 모른다. 게다가, 달을 손에 넣는 이는 누구라도 그것을 감춰두려 할텐데, 나라도 그럴 것이기 때문이다. 자신하건

대 나는 다른 모든 일에는 정직할 수 있으나, 내가 이미 자각하기 시작한바 내 본성의 정수와 핵심은 아름다움에 대한 사랑, 아름다움을 향한 열정이기에, 다른 사람 소유의 달을 주인 모르게 나에게 맡긴다면 그건 안전하지 못할 것이다. 낮에 달을 발견한다면 누군가가 지켜보고 있을까 두려워서 단념할지도 모르지만, 어둠 속에서 달을 발견한다면 틀림없이 어떤 핑계를 생각해내서 그 일에 대해 입을 다물 것이다. 왜냐하면 나는 달을 정말로 사랑하며, 달은 몹시 예쁘고 몹시 낭만적이기 때문이다. 달이 대여섯 개 있으면 좋겠다. 그러면 나는 절대로 잠을 자지 않고 결코 싫증내는 일 없이 이끼 긴 둑에 누워 달을 올려다볼 것이다.

별도 좋다. 몇 개 구해서 머리에 꽂을 수 있다면 좋겠다. 하지만 불가능하겠지. 보기와는 달리 별이 얼마나 멀리에 있는지 알면 깜짝 놀랄 것이다. 지난밤, 별들이 처음 나타났을 때, 막대기로 쳐서 몇 개 떨어뜨리려 하였으나 막대기가 닿지 않아, 나는 소스라치게 놀랐으며, 그러고 나서 완전히 녹초가 될 때까지 흙덩이를 던져보았으나, 한 개도 따지 못했다. 내가 왼손잡이라 던지는 게 서툴기 때문이었다. 내가 노리던 별 말고 다른 별을 겨냥했을 때도 맞히지는 못했으나, 몇 번은 명중할 뻔했는데, 나는 흙덩이의 검은 그림자가 금빛 별 무리 한가운데로 곧장 날아가서 아슬아슬하게 별들을 스쳐가는 모습을 사오십 차례 목격했으며, 조금만 더 버텼다면 별을 한 개 땄을지도 모른다.

그래서 조금 울었지만 이는 내 나이에 자연스러운 일인 듯하며, 그리고 휴식을 취한 뒤에 바구니를 하나 들고서 지평선 맨 끝을 향해 출발했는데, 그곳에는 별들이 땅바닥 가까이에 있어서 손으로 별을 딸 수 있을 테고, 그러면 별들을 깨지지 않게 조심조심 모을 수 있을 테니, 어쨌든 그 편이 더 나을 것이다. 하지만 그곳은 생각보다 멀었고, 결국 나는 포기해야 했다. 너무 피곤해서 한 걸음도 더 옮길 수 없는데다 발이 까져서 몹시 아팠다.

집으로 돌아가지 못했다. 길은 너무 멀고 날이 추워지고 있었다. 하지만 우연히 호랑이 몇 마리를 만나 그들 사이에 아늑하게 자리를 잡았더니 홀딱 반할 만큼 편했으며, 그들의 숨결은 달콤하고 향긋했는데, 그건 그들이 딸기를 먹고 살기 때문이다. 나는 호랑이를 본 적이 없었지만, 줄무늬로 즉시 그들을 알아보았다. 호랑이 가죽을 하나 얻을 수 있다면, 멋진 겉옷을 만들 수 있을 텐데.

오늘 나는 거리에 대해 더 잘 이해하게 되었다. 나는 예쁜 것이라면 무엇이든 너무나 갖고 싶어서 무분별하게 움켜쥐려 했는데, 때로는 그것이 아주 멀리 있기도 했고, 때로는 고작 15센티미터 떨어져 있으면서도 30센티미터는 떨어진 것처럼 보이기도 했으니, 아아, 그 사이에 가시가 있기 때문이었다! 나는 교훈을 하나 얻었으며, 오롯이 나 혼자 생각해서 격언도 하나 만들었다. 나의 그 첫번째 격언. 할퀴여보면 가시를 피하게 된다. 아주 어린 사람의 격언치고는 썩 괜찮은 것 같다.

어제 오후, 나는 거리를 조금 두고 다른 '실험'의 뒤를 밟으며, 가능하다면 그것의 존재 이유를 알아보려 했다. 하지만 알아내지 못했다. 남자인 것 같다. 남자를 본 적은 없으나, 그것은 남자처럼 생겼으며, 나는 그것이 다름 아닌 남자라고 확신한다. 실감하건대 나는 다른 어떤 파충류보다 그것에게 더 많은 호기심을 느낀다. 내 추측에 그것은 파충류일 수도 있는데, 너저분한 머리털에 눈이 파랗고, 파충류처럼 생겼기 때문이다. 그것은 골반이 없고, 몸 형태가 당근처럼 차츰 가늘어지며, 일어서서 온몸을 쭉 펼치면 마치 기중기 같아서, 어쩌면 건축물일지 몰라도, 나는 그것을 파충류라고 생각한다.

처음에 나는 그것이 무서웠고, 그것이 뒤돌아볼 때마다 나를 쫓아올까봐 도망부터 쳤다. 하지만, 머지않아 나는 그것이 그저 달아나려고 애쓰고 있을 뿐임을 알게 되었고, 그래서 그후로 더는 겁나지 않았으나, 그럼에도 18미터쯤 거리를 둔 채 몇 시간이고 그것을 쫓아다녔고, 그랬더니 그것이 안절부절못하며 불편해했다. 결국 그것은 굉장히 불안해하더니 나무 위로 올라갔다. 나는 한참을 기다리다가 포기하고 집에 갔다.

오늘도 똑같은 일의 반복. 나 때문에 그것이 또 나무에 올라갔다.

일요일

그것이 아직 저 위에 있다. 보기에는 쉬는 것 같다. 하지만 그건 속임수다. 일요일은 쉬는 날이 아니고, 토요일이 그날로 정해져 있다. 내가 보기에 그 피조물은 다른 무엇보다 쉬는 일에 더 관심이 있는 듯하다. 나는 그렇게 많이 쉬면 싫증이 날 것이다. 빈둥거리며 저 나무를 지켜보고만 있자니 싫증이 난다. 그것의 존재 이유가 정말로 궁금하다. 나는 그것이 뭔가를 하는 모습을 본 적이 없다.

지난밤에 그들이 달을 돌려주어서 나는 **몹시** 행복했다! 그들은 매우 정직한 모양이다. 달이 또다시 미끄러져 떨어졌지만, 나는 마음 졸이지 않았다. 그들 같은 이웃이 있다면 걱정할 필요가 없다. 그들이 다시 달을 가져다 놓을 테니. 감사의 표시로 뭔가를 해주고 싶다. 우리한테는 쓰고도 남을 만큼 별이 있으니, 그들한테 좀 보내줬으면 싶다. 아니, 우리가 아니라 나 말인데, 그 파충류는 그런 일에 일절 관심이 없어 보인다.

그것은 취향이 저속하고 인정이 없다. 어제저녁 땅거미가 질 무렵 그곳에 갔더니 그것이 언제 나무에서 기어내려왔는지 연못에서 노니는 얼룩덜룩한 작은 물고기들을 잡으려 하고 있기에 나는 그것이 물고기를 건드리지 못하도록 흙덩이를 던져서 그것을 나무 위로 도로 쫓아버려야 했다. 그런 짓이 그것이 존재하는 이유일까? 그것은 감정도 없나? 저런 작은 피조물들에 대한 연민도 없나? 그것은 그런 거친 짓을 하도록 계획되고 만들어졌을

Francisco Meléndez
21. 08. 2009

까? 그것은 그렇게 생겼다. 흙덩이 하나가 그것의 귓등을 때리자, 그것이 언어를 구사했다. 그러자 가슴이 두근거렸는데, 난생처음으로 나 자신 말고 다른 누군가의 말소리를 들었기 때문이다. 그 말을 이해하지는 못했지만, 뭔가 의미심장한 말 같았다.

나는 말하기를 무척 좋아해서, 그것이 말을 할 수 있다는 사실을 알게 되자 그것에게 새로운 흥미가 동했다. 나는 하루종일, 거기다가 자면서도 말을 하며, 나는 무척 재미난 사람이지만, 말할 상대가 있다면 두 배는 재미난 사람이 될 테고, 상대가 원한다면 결코 말을 멈추지 않을 것이다.

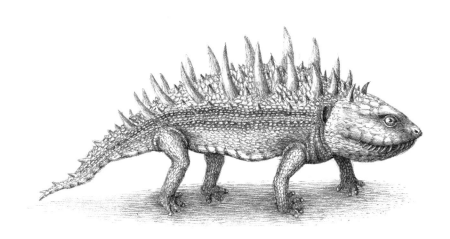

만약 이 파충류가 남자라면, 그것은 그것이 아니잖아, 그렇지? 그렇게 칭하면 문법에 맞지 않을 거야, 그렇겠지? 그것은 그가 되어야 할 것이다. 내 생각에는 그렇다. 그런 경우에는 다음과 같이 주격은 그가, 여격은 그에게, 소유대명사는 그의 것이라고 써야 문법적으로 맞겠지. 음, 그것이 다른 무언가로 판명될 때까지는 그것을 남자로 간주하고 그라고 칭해야겠다. 숱한 의심을 품느니보다 이편이 더 편리하겠지.

다음주 일요일

일주일 내내 그의 꽁무니를 쫓아다니며 친해지려고 노력했다. 그가 수줍어하는 바람에 내가 이야기를 도맡아 해야 했지만, 상관없었다. 그는 내가 주위에 있어서 기쁜 듯 보였으며, 나는 붙임성 있게 '우리'라는 말을 자주 사용했는데, 어딘가에 포함된다는 사실이 그를 즐겁게 하는 듯했기 때문이다.

수요일

지금, 우리는 정말로 아주 잘 지내고 있고, 점점 더 친해지는 중이다. 그가 더는 나를 피하려 들지 않는데, 이는 좋은 징조이며, 그가 나와 함께 있는 걸 좋아한다는 뜻이다. 나는 그 사실이 기뻐서, 그의 호감을 사고자 가능한 모든 방법으로 그에게 유익한 사람이 되려고 힘쓴다. 지난 하루이틀 동안 내가 그를 대신해 사물에 이름 붙이는 일을 전부 떠맡았더니, 그 분야에 재능이 없는 그가 크게 안도했으며, 무척 고마워하는 눈치다. 그가 자신을 곤란에서 구해줄 적당한 이름을 생각해내지 못하지만, 나는 그의 결함을 알면서도 모르는 체한다. 새로운 피조물이 나타날 때마다 그가 어색한 침묵을 드러낼 새도 없이 내가 먼저 이름을 지어버린다. 이런 식으로 내 덕분에 그는 곤란한 상황을 수차례 모면했다. 나에게는 그와 같은 결함이 없다. 나는 어떤 동물을 보면 첫눈에 무엇인지 안다. 한순간도 깊이 생각할 필요 없이, 마치 영감을 받은 듯, 즉시 적절한 이름이 떠오르는데, 분명 방금 전까지만 해도 그 이름이 내 머릿속에 없었으므로, 그건 영감이 틀림없다. 나는 그저 생김새와 행동 방식만으로 그 피조물이 무슨 동물인지 아는 것 같다.

도도새가 나타나자 그는 그것을 살쾡이라고 생각했는데, 그의 눈에 그렇게 쓰여 있었다. 하지만 내가 그를 구해주었다. 그리고 그러면서 그의 자존심을 상하게 하지 않으려 조심했다. 나는 뜻밖의 일로 즐거운 척 매우 자연스럽게, 정보 전달은 꿈도 꾸지 않는다는 듯, 그저 목소리를 높여서 이렇게 말했다. "어머, 정말 저기 도도새가 있잖아!" 나는, 설명하는 티를 내지 않으면서, 어떻게 내가 그것이 도도새임을 아는지 설명했고, 그는 자기가 모르는 피조물을 내가 알아서 조금 언짢았을 텐데도, 나를 우러러보는 기색

을 감추지는 못했다. 그건 무척 기분좋은 일이었고, 나는 흐뭇하게 몇 번이고 그 일을 생각하다가 잠이 들었다. 스스로 노력해서 얻었다고 느낄 때 우리는 얼마나 작은 일에도 행복할 수 있는가.

목요일

나의 첫 슬픔. 어제 그는 나를 피했고 내가 말을 걸지 않기를 바라는 눈치였다. 나는 그 사실이 믿기지 않아서 뭔가 오해가 있으리라 생각했는데, 나는 그와 함께 있는 게 정말 좋았고, 그의 말소리를 듣는 게 정말 좋았건만, 내가 어떤 행동도 하지 않았음에도 어떻게 그가 나를 못마땅하게 여길 수 있단 말인가? 하지만 마침내 그 상황이 진짜라는 생각이 들었고, 그래서 나는 자리를 떠나, 우리가 만들어진 아침에 내가 그를 처음 보았던 장소로 가서 쓸쓸히 앉아 있었다. 그날 아침만 해도 나는 그가 어떤 존재인지 몰랐고 그에게 무관심했었다. 하지만 이제 그곳은 서글픈 장소가 되었고, 사소한 것 하나하나가 그를 떠오르게 해 가슴이 몹시 아팠다. 그것은 생소한 감정이라, 나는 그 까닭을 명확히는 몰랐다. 난생처음 느껴보는데다 온통 수수께끼 같아서 그 감정이 이해되지 않았다.

하지만 밤이 되자 나는 외로움을 견딜 수가 없어서, 그가 새로 지은 거처로 찾아갔고, 내가 무슨 잘못을 했는지, 어떻게 하면 잘못을 바로잡아 그의 다정함을 되찾을 수 있는지 그에게 물어보려 했다. 그러나 그가 나를 빗속으로 내쫓았고, 그 일이 나의 첫 슬픔이 되었다.

일요일

이제, 다시 만사가 즐겁고 나는 행복하지만, 요 며칠은 우울한 날들이었기에 웬만하면 그때를 떠올리지 않는다.

그에게 저 사과를 몇 개 따다주려고 했으나, 똑바로 던지는 법을 도통 터득할 수가 없다. 뜻대로 되지는 않았지만, 내 호의에 그가 기뻐했겠지. 사과는 금지된 터라, 그는 내가 곤란을 겪게 될 거라고 말하지만, 그를 기쁘게

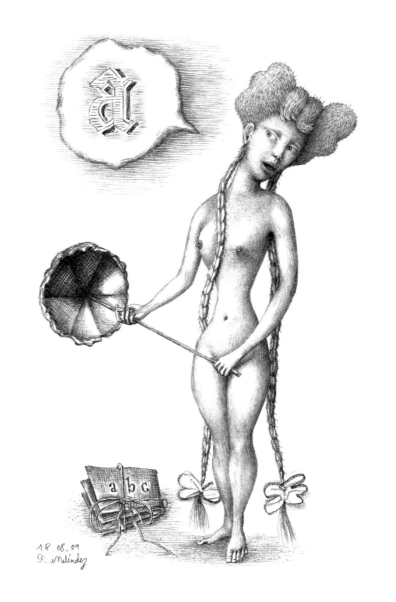

하느라 곤란을 겪는다면, 그런 곤란 따위 무슨 상관일까?

월요일

오늘 아침에 그의 주의를 끌고자 그에게 내 이름을 말해주었다. 하지만 그는 관심이 없었다. 이상하다. 그가 나에게 그의 이름을 말해준다면, 나는 관심을 가질 텐데. 아마 그 이름은 다른 어떤 소리보다 듣기 좋으리라.

그는 좀처럼 말이 없다. 아마 자신이 영리하지 않다는 사실에 민감해서, 그것을 감추고 싶어 그러는 모양이다. 그가 그렇게 느끼다니 참으로 안타까운데, 영리함은 아무것도 아니며, 진정한 가치는 마음속에 있기 때문이다. 다정하고 선한 마음은 재산, 그것도 넉넉한 재산이며, 그런 마음이 없는 지성은 가난에 지나지 않음을 내가 그에게 일깨워줄 수 있다면 좋겠다.

그는 말수가 적기는 해도 상당히 많은 어휘를 안다. 오늘 아침에 그는 놀랍도록 멋진 단어를 사용했다. 그 스스로도 멋진 단어임을 아는지, 그후에도 두 번이나 천연덕스럽게 그 단어를 이야기 중간에 끼워넣었다. 그 솜씨가 그다지 자연스럽지는 않았지만, 그럼에도 이를 통해 그에게 어느 정도의 분별력이 있음이 드러났다. 그 씨앗은 심어서 가꾸면 틀림없이 성장하리라.

그가 어디에서 그런 단어를 배웠을까? 나는 그런 말을 사용한 적이 없는 것 같은데.

맙소사, 그는 내 이름에 흥미를 보이지 않았다. 나는 실망감을 감추려고 애썼지만, 마음처럼 되지 않았던 것 같다. 나는 이끼 낀 둑으로 가서 물에 발을 담그고 앉아 있었다. 그곳은 내가 눈을 맞추고 이야기를 나눌 친구가 몹시 그리울 때 찾아가는 장소다. 저기 웅덩이에 그려진 사랑스럽고 하얀 여자로는 부족하지만, 뭐라도 있는 편이 철저한 고독보다는 낫다. 내가 말을 하면 그것도 말을 하고, 내가 슬퍼하면 그것도 슬퍼하며, 그것은 연민어린 마음으로 나를 위로하고, "기운 내, 가엾은 외톨이 소녀야, 내가 친구가 되어줄게"라고 말한다. 그것은 내게 좋은 친구이자, 내 하나뿐인 벗이며, 내 자매다.

그녀가 처음으로 나를 저버렸던 그때! 아, 나는 그때를 결코 잊지 못하리라, 결코, 결코. 내 몸속의 심장이 마치 납덩어리 같았다! 내가 말했다. "그녀는 나의 전부였는데, 이제 떠나고 없다니!" 절망에 잠겨 내가 말했다. "터져버려라, 내 심장아, 더는 내 삶을 견딜 수가 없구나!" 그리고 두 손에 얼굴을 묻었으나, 아무런 위안도 되지 않았다. 얼마 후 두 손을 치웠더니, 다시금 거기에 하얗고 찬란하고 아름다운 그녀가 있었고, 나는 그녀의 품속으로 뛰어들었다!

완벽한 행복이었다. 전에도 행복을 맛본 적이 있지만, 그것과는 다른 황홀경이었다. 나는 그후로 결코 그녀를 의심하지 않았다. 가끔 그녀가 어쩌면 한 시간, 어쩌면 거의 온종일 자리를 비우기도 했지만, 나는 의심하지 않고 기다렸으며, 이렇게 말했다. "그녀가 바쁘거나 아니면 여행을 떠난 모양인데, 돌아올 거야." 그리고 내 말처럼 그녀는 항상 돌아왔다. 그녀는 겁 많은 어린것이라 밤에 깜깜하면 오지 않았으나, 달이 떠 있으면 왔다. 나는 어둠이 무섭지 않지만, 그녀는 나보다 나중에 태어나서 나보다 어리다. 나는 자주자주 그녀를 찾아가는데, 삶이 고달플 때 그녀가 나의 위안이자 쉼터가 되어준다. 대개 그런 식이다.

화요일

아침 내내 열심히 땅을 일궜고, 일부러 그를 멀리하며 그가 쓸쓸함을 느끼고 다가오기를 바랐다. 하지만 그는 그러지 않았다.

정오에 하루 일을 마치고서 벌이랑 나비랑 여기저기 훨훨 돌아다니고 꽃 속에서 신나게 놀며 기분 전환을 했는데, 꽃이라는 그 아름다운 피조물들은 하늘로부터 하느님의 미소를 본받아 간직하고 있다! 나는 꽃을 모아 화관과 꽃목걸이를 만들어 걸고서 점심으로, 당연히 사과를 먹고는 그늘에 앉아 기대감을 품고 기다려보았다. 하지만 그는 오지 않았다.

그렇지만 상관없다. 그는 꽃을 좋아하지 않으니, 그가 왔다고 한들 무슨 소득이 있었겠는가. 그는 꽃들을 쓰레기라 여기고, 이 꽃 저 꽃을 구별할

F. Meléndez
07. 08. 2009

줄도 모르며, 그런 식으로 생각하는 게 더 우월하다고 믿는다. 그는 나를 좋아하지 않고, 꽃도 좋아하지 않고, 저녁 무렵 화려하게 채색된 하늘도 좋아하지 않으니, 이롭고 깨끗한 비를 피해 틀어박혀 있으려고 오두막이나 짓고, 작물이 얼마나 잘 익었는지 알아보려고 멜론이나 통통 두드리고, 포도나 맛보고, 나무에 달린 열매나 만지작대는 것 말고 그가 좋아하는 게 있기는 할까?

나는 내가 세워두었던 어떤 계획을 실행하기 위해 마른 나뭇가지 하나를 땅바닥에 놓고서 다른 나뭇가지로 거기에 구멍을 뚫으려고 애쓰다가, 이내 엄청난 공포에 사로잡혔다. 구멍에서 얇고 투명하고 푸르스름한 아지랑이가 솟아올랐고, 나는 모든 것을 내던지고 도망쳤다! 나는 그것이 혼령이라고 생각했으며, 몹시 두려웠다! 하지만 뒤를 돌아보니 그것이 쫓아오지 않아, 바위에 기대어 휴식을 취하며 가쁜 숨을 몰아쉬었고, 그대로 줄곧 팔다리를 후들대다가 다시금 떨림이 멈추자, 정신을 바짝 차리고 동정을 살피며, 여차하면 달아날 태세로 조심스럽게 살금살금 되돌아갔다. 가까이 다가가서는, 지금 내가 아주 매력적이고 예뻐 보일 테니 그 남자가 근처에 있으면 좋겠다고 생각하며, 장미 덤불의 가지를 헤치고 슬쩍 들여다보았는데, 그 정령은 사라지고 없었다. 그곳에 가보니, 구멍에 고운 분홍색 먼지

한 자밤이 들어 있었다. 나는 그것을 만지려고 손가락을 집어넣었다가 아야! 하며 도로 뺐다. 지독하게 아팠다. 손가락을 입에 넣고서 먼저 한 발로 그리고 곧장 다른 발로 서서 끙끙댔더니 이내 고통이 가라앉았고, 그런 다음에는 호기심에 가득차서 조사를 시작했다.

분홍색 먼지가 무엇인지 알고 싶었다. 한 번도 들어본 적이 없는데도, 갑자기 그것의 이름이 떠올랐다. 불이었다! 하늘만큼 땅만큼 확실했다. 그래서 망설임 없이 불이라고 그렇게 이름 지었다.

나는 존재한 적 없던 무언가를 창조했고, 세상이 지닌 무수한 속성에 새로운 것 하나를 추가했다. 이 사실을 깨닫자 내 공적이 자랑스러웠고, 이 일로 나에 대한 그의 존경심이 깊어지리라 생각하며 달려가 그를 찾아 이 이야기를 하려다가, 곰곰이 헤아려보고는 그만두었다. 아니, 그는 좋아하지 않을 거야. 그것이 무슨 쓸모가 있느냐고 그가 물어볼 텐데, 그러면 뭐라고 대답하지? 아무 쓸모는 없지만, 그냥 아름답다고, 그저 아름답다고……

그래서 나는 한숨을 내쉬고는, 가지 않았다. 왜냐하면 불은 아무짝에도 쓸모가 없어서 오두막을 짓지도 못하고 멜론의 품질을 높이지도 못하고 과일 수확을 앞당기지도 못했으며, 무익했고, 어처구니없는 존재이자 헛된 존재였으므로, 그가 불을 경멸하며 가시 돋친 말을 할 테니까. 하지만 내게는 불이 경멸스럽지 않았기에, 나는 "오, 불아, 나는 너를 사랑해, 이 앙증맞은 분홍 생명체야, 너는 아름다우니까 그걸로 충분해!"라고 말하고서 불을 가슴에 안으려 했다. 하지만 참았다. 그러고는 나 혼자 생각해서 또다른 격언을 만들었는데, 첫번째 것과 아주 비슷해서 그저 표절에 불과하지 않을까 걱정스러웠다. 데어보면 불을 피하게 된다.

나는 다시 작업에 착수했으며, 불티가 많이 만들어지자 그것을 집에 가져가 항상 곁에 두고 가지고 놀 생각으로 마른 갈색 풀 한 줌에 쏟아넣었으나, 바람이 불어닥치면서 불티가 뿜어져나와 나에게 마구 튀는 통에, 나는 그것을 내던지고 도망쳤다. 뒤돌아보니 파란 혼령이 솟아올라 퍼지면서 구름처럼 둥실둥실 떠다녔고, 곧바로 내 머릿속에 연기!라는 그것의 이름이 떠올랐는데, 맹세코 그때까지 한 번도 연기에 대해 들어본 적이 없었다.

이내 눈부신 노랑 빨강 섬광들이 연기를 뚫고 치솟았으며, 나는 즉시 불꽃!이라는 이름을 지었는데, 그것들이 세상에 존재한 최초의 불꽃이었음에도, 역시, 내 생각이 옳았다. 그것들은 나무를 타고 오르더니, 자욱하게 넘실넘실 피어오르는 연기 기둥을 넘나들며 화려하게 번쩍였고, 나는 기쁨에 겨워 손뼉을 치고 웃고 춤을 추지 않을 수 없었다. 그 광경은 그토록 새롭고 낯설었으며 그토록 멋지고 그토록 아름다웠다!

그가 뛰어와서는 걸음을 멈추고 뚫어지게 바라보더니, 한참 동안 한마디도 하지 않았다. 그러더니 저게 뭐냐고 물었다. 아, 그렇게 직접적인 질문을 하다니 참으로 유감스러웠다. 물론, 나는 대답하지 않을 수 없었고, 그래서 대답했다. 불이라고 했다. 나는 당연히 아는데 그는 물어봐야만 하는 상황이 그를 언짢게 할지라도, 그것은 내 잘못이 아니며, 나는 그를 언짢게 할 마음이 전혀 없었다. 잠시 후에 그가 물었다.

"어떻게 생겨난 거야?"

또다시 직접적인 질문, 그렇다면 마찬가지로 직접적인 대답이 필요했다.

"내가 만들었어."

불이 점점 더 멀리 퍼져나가고 있었다. 그가 불탄 곳 언저리로 가더니 그 자리에 서서 아래를 내려다보며 말했다.

"이것들은 뭐야?"

"숯."

그가 살펴보려고 하나를 집어들었다가 마음을 바꾸고 도로 내려놓았다. 그러더니 가버렸다. 그 무엇도 그의 흥미를 끌지 못한다.

하지만 나는 흥미가 동했다. 회색빛에 부드럽고 곱고 예쁜 재가 있었는데, 나는 그것이 무엇인지 즉시 알았다. 그리고 잿불, 나는 잿불도 알았다. 우연히 사과를 발견해서 그것들을 긁어모으니 마음이 흡족했다. 나는 매우 어리고 식욕이 왕성하기 때문이다. 하지만 사과가 죄다 터지고 상해서 실망스러웠다. 보기에는 상한 것 같았는데, 실은 그렇지 않았다. 익히지 않은 것보다 더 맛이 좋았다. 불은 아름답다. 언젠가는 쓸모가 있으리라.

금요일

　지난 월요일 해질녘에 다시 그를 잠깐 보았는데, 그냥 잠깐이었다. 나는 선의를 가지고 열심히 일했기에, 땅을 일구느라 애썼다고 그에게 칭찬을 받을 줄 알았다. 하지만 그는 만족스럽지 않았는지, 돌아서서 나를 떠나버렸다. 그는 다른 이유로도 마땅찮아 했는데, 내가 폭포를 건너다니지 말라고 다시 한번 그를 설득하려 들었기 때문이다. 내가 그랬던 까닭은 불로 인해 새로운 감정을 알게 된 탓이다. 아주 새로울 뿐 아니라 사랑, 슬픔, 그리고 내가 이미 눈뜬 그 밖의 감정들과 명백히 다른 그것은 바로 **두려움**이었다. 게다가 두려움은 끔찍하다! 두려움에 눈뜨지 않았으면 좋았으련만, 두려움은 나에게 암울한 순간을 가져다주고, 내 행복을 망치고, 나를 떨게 하고 마음 졸이게 하고 몸서리치게 한다. 그렇지만 나는 그를 설득할 수 없었는데, 그는 아직 두려움에 눈뜨지 않아 나를 이해하지 못했다.

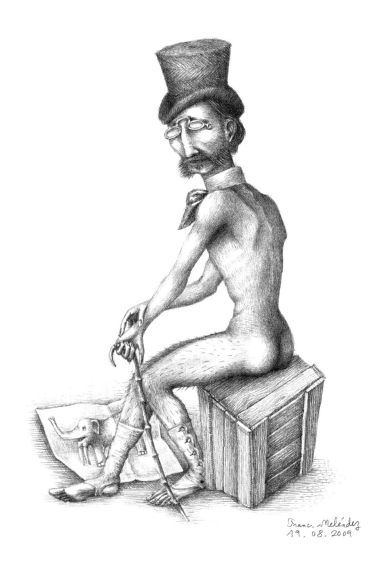

Franc. Meléndez
19. 08. 2009

아담의 일기 발췌

　어쩌면 나는 그녀가 매우 어리며 단지 소녀에 불과하다는 사실을 명심하고, 아량을 베풀어야 할지도 모르겠다. 그녀는 대단히 호기심이 많고 열성적이고 쾌활하며, 그녀에게 세상은 매력적이고 경이롭고 신비하고 즐거운 곳이어서, 새로운 꽃을 발견하면 그녀는 말도 못할 만큼 기뻐하면서, 쓰다듬고 어루만지고 냄새 맡고 말을 건네고 사랑스러운 이름들을 마구 쏟아내야 직성이 풀린다. 게다가 그녀는 색깔에 미쳐 있다. 갈색 돌, 노란색 모래, 회색 이끼, 초록색 나뭇잎, 파란색 하늘, 그리고 동틀 무렵의 진주 빛깔, 산에 드리운 자줏빛 그림자, 일몰의 진홍빛 바다에 떠 있는 금빛 섬들, 조각구름 사이로 유영하는 창백한 달, 황량한 우주 벌판에서 반짝이는 보석 같은 별들. 내가 아는 한 그중 어떤 것도 실용적인 가치는 없지만, 색채와 장엄함을 지니고 있기에 그녀에게는 그것으로 충분하며, 그녀는 그런 것들에 넋을 잃는다. 그녀가 마음을 가라앉히고 몇 분만 조용히 있어준다면, 그것은 굉장히 평온한 광경이리라. 그런 경우라면 나는 즐겁게 그녀를 바라볼 수 있을 것 같다. 정말로 그럴 수 있다고 확신하는데, 나는 그녀가 아주 놀랍도록 어여쁜 피조물, 유연하고 호리호리하고 늘씬하고 매끈하고 맵시 있고 날렵하고 우아한 피조물이라는 사실을 차츰 깨닫고 있기 때문이다. 한번은 대리석처럼 하얀 그녀가 햇빛을 흠뻑 받으며 둥근 바위 위에 서서 작은 머리를 뒤로 젖히고 손차양을 한 채 하늘을 나는 새 한 마리를 지켜보고 있었는데, 그때 나는 그녀가 아름답다는 사실을 인정하게 되었다.

월요일 정오. 이 행성에 그녀의 흥미를 끌지 못하는 무언가가 있을지도 모르겠으나, 내가 아는 바로는 없다. 나는 어떤 동물들한테는 무관심하지만, 그녀는 그렇지 않다. 그녀는 차별 없이 모든 동물에게 정을 쏟고, 그들 전부를 보물로 여기며, 새로운 동물은 무엇이든 환영한다.

그 거대한 브론토사우루스가 야영지로 성큼성큼 걸어왔을 때, 그녀는 그것을 횡재라 여겼고, 나는 불행이라 생각했다. 이는 우리 사이에 비일비재한 견해의 불일치를 보여주는 좋은 예다. 그녀는 그놈을 사육하고 싶어했고, 나는 이 정착지를 그놈에게 선물로 줘버리고 다른 곳으로 떠나고 싶었다. 그녀는 친절하게 다루면 그놈을 길들여서 훌륭한 애완동물로 만들 수 있다고 믿었고, 나는 키가 6미터에 몸길이가 26미터인 애완동물은, 제아무리 선의를 가졌고 남을 해칠 의도가 없더라도, 집 위에 주저앉아 집을 찌부러뜨릴 수도 있으니 이곳에서 키우기에 적합하지 않으며, 누구라도 녀석의 눈빛을 보면 녀석이 멍청한 짐승임을 알 수 있다고 말했다.

그런데도 그녀는 그 괴물을 키우기로 마음을 굳혔고, 녀석을 포기하지 못했다. 그녀는 우리가 녀석을 이용해 낙농장을 시작할 수 있으리라 생각했고, 내가 젖 짜기를 도와주었으면 하고 바랐지만, 나는 그러기 싫었다. 그 일은 너무 위험했다. 성별도 적절하지 않았고, 어차피 우리에겐 사다리도 없었다. 그러자 그녀는 녀석의 등에 올라타 경치를 구경하고 싶어했다. 9미터 내지 12미터 길이의 꼬리가 쓰러진 나무처럼 땅 위에 드리워져 있으니, 그녀는 꼬리를 타고 올라갈 수 있겠다고 생각했으나, 이는 오산이었다. 가파른 지점에 이르렀을 때 녀석의 몸이 너무 미끈미끈해서 그녀가 아래로 떨어지고 말았고, 내가 없었으면 그녀는 다칠 뻔했다.

이쯤에서 그녀가 만족했을까? 천만에. 검증 이외에 그 무엇도 그녀를 만족시키지 못하며, 그녀는 입증되지 않은 이론을 싫어하는데다 쉽사리 받아들이지도 않는다. 이는 올바른 태도이며, 나는 그 사실을 인정할 뿐 아니라

그런 태도에 마음이 끌리고 영향을 받는데, 그녀와 더 오래 함께 지내다보면 나 스스로 그런 태도를 받아들이게 될 듯싶다. 음, 이 거대한 짐승에 관한 그녀의 가설이 하나 남아 있었는데, 그녀는 우리가 녀석을 길들여서 우리 편으로 만들면 녀석을 강에 세워두고 다리로 이용할 수 있으리라 생각했다. 알고 보니 녀석이, 적어도 그녀에게만큼은, 이미 충분히 길들여져 있던 터라, 그녀가 자신의 가설을 시험해보려 했으나, 뜻대로 되지 않았다. 그녀가 녀석을 강물 적당한 곳에 세워놓고 녀석을 타 넘으려고 강가로 갈 때마다, 녀석이 강 밖으로 따라 나와 애완용 산처럼 그녀를 졸졸 쫓아다녔기 때문이다. 다른 동물들과 다를 바 없었다. 동물은 다들 그런다.

화요일, 수요일, 목요일, 그리고 오늘, 그동안 줄곧 그를 보지 못했다. 혼자 지내기에는 긴 시간이지만, 그래도 환영받지 못하느니 혼자인 편이 낫다.

나에게는 벗이 반드시 필요했는데, 아무래도 나는 그런 천성을 타고난 듯해 동물과 친구가 되었다. 동물들은 정말 매력적이고, 최고로 다정한 심성과 최고로 공손한 태도를 지녔다. 결코 뚱한 표정을 짓는 법이 없고, 결코 당신에게 불청객 같은 기분이 들게 하지 않으며, 당신을 향해 웃음 짓고, 꼬리가 있으면 꼬리를 흔들고, 놀이든 소풍이든 그 무엇이든 당신이 말만 꺼내면 언제나 기꺼이 함께해준다. 나는 그들이 더할 나위 없는 신사라고 생각한다. 요즘 우리는 굉장히 멋진 시간들을 보냈고, 나는 전혀 외롭지 않았다. 외롭다니! 아니, 말도 안 된다. 뭐, 주위에는 언제나 한 무리의 동물들이 있는데, 때로는 1만 6천 제곱미터에서 2만 제곱미터에 달하는 땅에 빽빽이 모여 있어서 그 숫자를 헤아릴 수도 없고, 한복판에 있는 바위에 올라서서 털로 덮인 너른 땅을 굽어보면 사방이 색채와 넘실대는 광택과 햇살의 반짝임으로 얼룩덜룩 울긋불긋 화려한데다 줄무늬로 물결쳐, 사정을 모르는 이에게는 호수처럼 보일 정도이며, 붙임성 좋은 새들이 폭풍우처럼 몰려들어 허리케인처럼 획획 날갯짓하고, 그 요동치는 깃털에 온통 햇살이 내려와 부딪히면 생각할 수 있는 온갖 빛깔들이 불꽃처럼 피어올라 눈이 멀 지경이 된다.

우리는 먼 곳으로 소풍을 다녀오곤 했으며, 나는 널리 세상을 구경했고 세상을 거의 다 본 듯하니, 나는 최초의 여행자이자 유일한 여행자다. 행진하는 우리의 모습은 세상 어디에도 없는 장관이다. 편안하게 가고 싶을 때 나는 호랑이나 표범을 타는데, 녀석들은 푹신하고 등이 둥그스름해서 나에게 잘 맞을 뿐 아니라 대단히 예쁘기 때문이다. 하지만 먼길을 가거나 경치를 구경하고 싶을 때는 코끼리를 탄다. 코끼리가 나를 코로 말아서 등에 태우지만, 내리는 것은 나 혼자서도 가능하다. 우리가 야영할 채비를 갖췄을 때, 코끼리가 앉으면 내가 등줄기를 타고 미끄러져 내려온다.

새와 짐승은 다들 서로 사이가 좋으며, 어떤 일로도 다투지 않는다. 그들은 모두 말을 하고, 모두 나에게 말을 건네지만, 내가 한마디도 알아듣지 못하는 걸로 보아 그들의 말은 다른 지역의 언어임이 틀림없다. 그럼에도 그들은 종종 내가 대꾸하는 말을 이해하며, 특히 개하고 코끼리가 그렇다. 나는 그 사실이 부끄럽다. 이는 그들이 나보다 영리하고, 그러므로 나보다 우월하다는 뜻이다. 그래서 나는 약이 오르는데, 나 자신이 최고의 '실험'이 되고 싶고, 또한 그럴 작정이기 때문이다.

나는 지금껏 많은 것을 배웠고 이제는 박식하지만, 처음에는 그렇지 않았다. 처음에는 무지했다. 그토록 주의를 기울였건만, 내가 그다지 똑똑하지 않아서 물이 언덕을 거슬러올라가는 모습을 한 번도 보지 못했기에, 처음에는 애가 탔는데, 이제는 마음 쓰지 않는다. 지금까지 실험에 실험을 거듭하고서야, 깜깜할 때 말고는 물이 결코 언덕을 거슬러올라가지 않는다는 사실을 알게 되었다. 웅덩이가 결코 마르지 않는 걸로 보아, 깜깜할 때 물이 거꾸로 흐른다는 사실을 알 수 있는데, 만약 밤에 물이 위로 되돌아가지 않는다면, 당연히 웅덩이는 말라버릴 것이기 때문이다. 실제로 실험을 통해 증명하는 것이 최선의 방법이고, 그러면 앎을 얻게 되지만, 짐작과 가정과 추측에 의존하면 결코 박식해지지 못한다.

어떤 것들은 답을 얻을 수 없지만, 짐작과 가정으로는 답을 얻을 수 없다는 사실조차 결코 알아내지 못할 테니, 정말이지, 답을 얻을 수 없다는 사실을 알아낼 때까지 참을성 있게 실험을 계속해야 한다. 그리고 그런 식으로 답을 찾게 되면 기분이 아주 좋고, 세상이 몹시 흥미로워진다. 알아낼 게 하나도 없다면 따분하리라. 답을 얻으려고 노력해서 답을 얻지 못하는 것조차 답을 얻으려고 노력해서 답을 얻는 것 못지않게 흥미로우며, 어쩌면 그 이상일지도 모른다. 내가 물의 비밀을 알아챌 때까지는 그 비밀이 보물처럼 느껴졌지만, 그후에는 흥분이 모두 사라지고 상실감이 찾아들었다.

실험을 통해서 나는 나무와 마른 잎과 깃털과 다른 많은 것들이 물에 뜬다는 사실을 알게 되었다. 이로써 누적된 그 모든 증거를 통해 바위가 물에 뜨리라는 점을 알 수 있지만, 지금까지는 그 점을 증명할 방법이 전혀 없으니, 그저 아는 것으로 만족해야 한다. 하지만 나는 방법을 찾아낼 테고, 그러면 이 흥분도 사라지리라. 머지않아 내가 모든 것의 답을 알아내면 더는 가슴 뛰는 일이 남아 있지 않을 테고, 그런 일들이 나를 슬프게 하는데, 정말로 나는 그렇게나 가슴 뛰는 일을 좋아한다! 요전 밤에는 그런 생각을 하느라 잠을 이루지 못했다.

처음에는 내가 만들어진 까닭을 이해하지 못했지만, 이제는 이 경이로운 세상의 비밀을 발견하고 행복해하고 이 모든 것을 마련해주신 그분께 감사드리기 위해서라고 생각한다. 아직 배워야 할 것이 많으리라 믿으며, 또 그렇기를 바라는데, 너무 급하게 서두르지 않고 아끼면 비밀들이 몇 주씩은 지속되지 않을까 싶다. 그러면 좋겠다. 깃털을 던지면 깃털은 공기를 타고 날아가 시야에서 사라지는데, 그다음에 흙덩이를 던져보면 흙덩이는 그러지를 않는다. 흙덩이는 번번이 아래로 떨어진다. 시도하고 또 시도해보았지만, 매번 그런다. 왜 그럴까? 물론 실제로 아래로 떨어지는 건 아니지만 왜 그렇게 보이는 걸까? 착시가 아닐까 싶다. 그러니까, 둘 중 한쪽은 착시라는 말이다. 어느 쪽인지는 모르겠다. 깃털 쪽일 수도 있고, 흙덩이 쪽일 수도 있는데, 나는 어느 쪽이 가짜인지 증명할 능력은 없고, 다만 이쪽 아니면 저쪽이 가짜라는 사실을 실험을 통해 보여줄 수 있을 뿐이며, 선택은 각자의 몫이다.

관찰을 통해서 나는 별들이 영원하지 않으리라는 것을 알고 있다. 나는 가장 멋진 별 몇 개가 하늘에서 녹아내리는 것을 보았다. 하나가 녹는다면 전부가 녹을 수 있고, 전부가 녹는다면 모두 같은 날 밤에 녹을 수 있다. 그런 슬픈 일이 찾아오리라는 것을 나는 알고 있다. 나는 매일 밤 잠들지 않고 되도록 오래 깨어서 별들을 쳐다볼 생각이다. 그리고 그 반짝이는 들판을 내 기억에 새겨서, 머지않아 별들을 빼앗기게 되면 내 상상력으로 그 사랑스러운 억만 개의 별들을 검은 하늘에 되돌려놓아 다시 반짝이게 할 작정이다. 그러면 내 눈물에 흐려져 별들은 두 배가 되겠지.

08.08.09
F. Meléndez

추방 이후

돌이켜보면, 나에게 에덴동산은 꿈과 같다. 그곳은 아름다웠다. 빼어나게 아름답고 황홀하도록 아름다웠으나, 이제 그곳은 사라졌고 나는 그곳을 다시는 보지 못하리라.

에덴동산은 사라졌으나 나는 그를 발견했고, 그래서 만족한다. 그는 최선을 다해 나를 사랑하고, 나는 열정적인 본성의 힘으로 한껏 그를 사랑하는데, 그것이 내 젊음과 성별에 적합한 행동인 듯싶다. 스스로에게 왜 그를 사랑하느냐고 물어보면, 그 이유를 잘 모르겠고, 딱히 알고 싶지도 않다. 그래서 이러한 사랑은 여느 파충류와 동물에 대한 사랑과 달리 이성과 통계의 산물이 아닌 듯하다. 이는 필연 같다. 내가 어떤 새들을 사랑하는 이유는 노랫소리 때문이지만, 아담을 사랑하는 까닭은 그가 노래를 부르기 때문이 아니다. 결코 그렇지 않다. 그가 노래를 부를수록 나는 그의 노래가 더욱 마뜩잖다. 그럼에도 그에게 노래를 부르라고 청하는 이유는 그가 관심을 보이는 것이라면 무엇이든 나도 좋아하게 되기를 바라기 때문이다. 그렇게 되리라 확신하는데, 처음에는 그의 노래를 참지 못했으나, 이제는 참을 수 있기 때문이다. 그의 노래는 우유를 상하게 하지만 상관없으며, 나는 그런 우유에도 익숙해질 수 있다.

내가 그를 사랑하는 까닭은 그의 영리함 때문이 아니다. 결코 그렇지 않다. 그가 그다지 영리하지 못한 것은 그 자신의 뜻이 아니었기에 그의 탓이 아니며, 그는 하느님이 창조하신 그대로이고, 그것으로 충분하다. 거기에는 어떤 현명한 목적이 있었으며, 그쯤은 나도 안다. 때가 되면 그 목적이 밝혀지겠지만, 갑작스레 그리되지는 않을 것이다. 게다가 서두를 필요도 없으며, 그는 지금 이대로도 제법 괜찮다.

내가 그를 사랑하는 까닭은 그의 정중하고 사려 깊은 태도와 세심함 때문이 아니다. 아니, 그는 이런 면에서 부족하지만, 그런대로 제법 괜찮으며 점점 나아지고 있다.

내가 그를 사랑하는 까닭은 그의 근면성 때문이 아니다. 결코 그렇지 않다. 내 생각에는 그에게 근면성이 있는 듯한데, 왜 나에게 감추는지 모르겠다. 그것이 내 유일한 근심거리다. 그것만 아니면 그는 이제 나에게 솔직하고 숨김이 없다. 확신하건대, 그 점 말고는 그가 나에게 감추는 부분이 하나도 없다. 나는 그가 나 몰래 비밀을 간직하고 있다는 사실이 몹시 슬프고, 때로는 그 생각에 잠을 설치지만, 그런 생각을 떨쳐버림으로써 나의 행복이 흔들리지 않도록 할 작정이며, 그 부분만 아니면 행복이 차고 넘친다.

내가 그를 사랑하는 까닭은 그가 받은 교육 때문이 아니다. 결코 그렇지 않다. 그는 독학했고, 실제로 수많은 것을 알지만, 제대로 알지는 못한다.

내가 그를 사랑하는 까닭은 그의 기사도 때문이 아니다. 결코 그렇지 않다. 그가 나를 고자질했으나 나는 그를 탓하지 않는데, 이는 성별이 지닌 특성인 듯하고 더구나 그가 자신의 성별을 결정하지도 않았기 때문이다. 물론

나라면 그를 고자질하느니 차라리 죽어버렸겠지만, 이 역시 성별이 지닌 특성이며, 내가 칭찬받을 일이 아닌데, 내가 나의 성별을 결정하지 않았기 때문이다.

그렇다면 나는 대체 왜 그를 사랑하는가? 단지 그가 남성이기 때문인 것 같다.

실제로 그는 좋은 사람이고, 그래서 나는 그를 사랑하지만, 그렇지 않더라도 그를 사랑했을 것이다. 설령 그가 나를 때리고 나에게 욕을 한다 해도 나는 계속 그를 사랑했을 것이다. 그런 확신이 든다. 이것은 성별의 문제인 것 같다.

그는 강하고 잘생겼으며, 그래서 내가 그를 사랑하고, 그를 동경하고 그를 자랑스러워하지만, 그런 자질이 없더라도 그를 사랑했을 것이다. 그가 평범하다 해도 나는 그를 사랑했을 것이다. 그가 병들었다 해도 나는 그를 사랑했을 것이며, 그를 위해 수고하고 그를 위해 고되게 일하고 그를 위해 기도하며, 내가 죽는 날까지 그의 머리맡을 지켰을 것이다.

그렇다, 나는 단지 그가 내 것이고 남성이기 때문에 그를 사랑하는 것 같다. 다른 이유는 전혀 없어 보인다. 따라서 내가 처음에 말한 바와 같이 이러한 사랑은 이성과 통계의 산물이 아닌 듯하다. 이 사랑은 그냥 다가오며, 어디에서 오는지 아무도 모르고 설명도 되지 않는다. 그리고 그럴 필요도 없다.

이것이 내가 생각하는 바이다. 하지만 나는 단지 소녀일 뿐이고 이 문제를 검토한 최초의 인물이기에, 알고 보면 무지와 경험 부족으로 인해 잘못 판단했는지도 모를 일이다.

Francisco Meléndez
06 - 08 . 2009

사십 년 뒤

　나는 우리가 함께 이승을 떠날 수 있기를 기도하고 갈망하나니, 이 갈망은 세상이 끝날 때까지 이 땅에서 결코 사라지지 않고, 사랑 깊은 아내들 모두의 가슴속에 자리할 것이며, 나의 이름으로 칭하여지리라.

　하지만 우리 중 하나가 먼저 떠나야 한다면, 그 사람이 나이기를 기도하나니, 그는 강하고 나는 약하며, 그가 나를 필요로 하기보다 내가 그를 더 필요로 하기에, 그가 없는 삶은 삶이 아닐 텐데, 어떻게 내가 그런 삶을 견뎌낼 수 있겠는가? 이 기도 역시 불멸할 것이며, 나의 자손이 존속하는 한 그치지 않고 하느님에게 바쳐지리라. 나는 최초의 아내이며, 최후의 아내에게서도 나는 되풀이되리라.

이브의 무덤에서

　아담: 그녀가 어디에 있든 그곳이 에덴동산이었노라.

끝

1835년   11월 30일 미주리주 플로리다에서 치안 판사 존 마셜 클레멘스와 제
          인 램프턴 클레멘스의 일곱 자녀 중 여섯째로 태어남. 본명은 새뮤얼
          랭혼 클레멘스.
1839년   미주리주 해니벌로 이주하여 이곳에서 소년 시절을 보냄.
1847년   부친의 사망으로 집안 형편이 어려워지자 학업을 중단하고 수습 식자
          공으로 일함.
1851년   형 오라이언이 운영하는 신문사 〈해니벌 저널〉에서 식자공으로 일하
          며 틈틈이 단편을 기고함.
1853년   해니벌을 떠남. 이후 세인트루이스, 뉴욕, 필라델피아, 머스커틴, 신시
          내티 등지를 떠돌며 식자공으로 일함.
1857년   미시시피강에서 수습 도선사로 일함.
1859년   정식 도선사가 됨.

1861년	남북전쟁 발발로 도선사를 그만두고 귀향하여 남군 민병대에 잠시 합류했다가 금 열풍을 좇아 형 오라이언과 함께 네바다주로 향함.
1862년	네바다주 버지니아시에서 〈테리토리얼 엔터프라이즈〉의 기자로 일함.
1863년	마크 트웨인이라는 필명을 처음으로 사용함.
1864년	캘리포니아주 샌프란시스코에서 〈모닝 콜〉의 기자로 일함.
1865년	「짐 스마일리와 뜀뛰는 개구리Jim Smiley and His Jumping Frog」를 발표하고 전국적으로 큰 인기를 얻음.
1866년	샌드위치제도 취재 여행을 마친 뒤, 샌프란시스코에서 처음으로 강연을 시작함.
1867년	첫번째 단편집 『캘러배러스의 명물 뜀뛰는 개구리 The Celebrated Jumping Frog of Calaveras County』 출간. 뉴욕에서 강연을 하고 유럽과 팔레스타인 성지 등을 여행함. 올리비아 랭던을 처음 만남.
1868년	동부와 중서부 주에서 폭넓게 강연. 올리비아에게 청혼.
1869년	유럽 여행기 『철부지의 해외여행기 The Innocents Abroad』 출간.
1870년	올리비아와 결혼 후 뉴욕주 버펄로로 이주. 아들 랭던 출생.
1871년	코네티컷주 하트퍼드로 이주. 연속적인 강연 여행.
1872년	딸 수지 출생. 아들 랭던 사망. 금 열풍을 좇아 서부로 향했던 시절의 체험을 적은 『서부 유랑기 Roughing It』 출간.
1873년	찰스 더들리 워너와 공저로 『도금시대 The Gilded Age: A Tale of Today』라는 풍자소설 출간.
1874년	딸 클라라 출생. 하트퍼드 저택으로 이사.
1876년	『톰 소여의 모험 The Adventures of Tom Sawyer』 출간.
1878~79년	가족과 유럽 여행.
1880년	독일, 알프스, 이탈리아 여행 기록인 『떠돌이의 해외여행기 A Tramp

	Abroad』 출간. 딸 진 출생. 페이지 식자기에 투자를 시작함.
1881년	『왕자와 거지 *The Prince and the Pauper*』 출간.
1883년	미시시피강에서 도선사로 일하던 시절의 이야기인 『미시시피강의 생활 *Life on the Mississippi*』 출간
1884년	찰스 L. 웹스터 출판사 설립. 『허클베리 핀의 모험 *Adventures of Huckleberry Finn*』 출간.
1889년	『아서왕 궁정의 코네티컷 양키 *A Connecticut Yankee in King Arthur's Court*』 출간.
1891년	식자기 투자 실패로 경비를 줄이고자 하트퍼드 저택을 떠나 유럽으로 이주.
1892년	『미국인 청구인 *The American Claimant*』 출간.
1893년	「아담의 일기 발췌 *Extracts from Adam's Diary*」 발표.
1894년	식자기 투자 실패로 인한 여파로 찰스 L. 웹스터 출판사 도산. 『톰 소여의 아프리카 모험 *Tom Sawyer Abroad*』 출간. 『얼간이 윌슨의 비극 *The Tragedy of Pudd'nhead Wilson*』 출간. 파산 선고를 받음.
1895년	엄청난 부채를 갚기 위해 올리비아 및 클라라와 함께 세계일주 강연을 떠남.
1896년	『잔 다르크에 관한 개인적 회상 *Personal Recollections of Joan of Arc*』 출간. 『톰 소여 탐정이 되다 *Tom Sawyer, Detective*』 출간. 큰딸 수지 뇌수막염으로 사망.
1897년	강연 여행기 『마크 트웨인의 19세기 세계일주 *Following the Equator*』 출간.
1898년	부채를 완전히 청산함.
1900년	가족과 함께 미국으로 귀국.
1901년	예일대학교에서 명예 문학박사 학위 받음.

1904년	아내 올리비아 심부전으로 사망. 『아담의 일기 발췌』 초판본 출간.
1905년	「이브의 일기Eve's Diary」 발표.
1906년	『이브의 일기』 초판본 출간.
1907년	『어느 말 이야기A Horse's Tale』 출간. 영국 옥스퍼드대학교에서 명예 문학박사 학위 받음.
1909년	막내딸 진 심장마비로 사망.
1910년	4월 21일 코네티컷주 레딩에서 심장마비로 사망. 뉴욕 엘마이라의 공원묘지에 아내와 자녀들과 나란히 묻힘.

마크 트웨인은 아내 올리비아와 세 딸 수지, 클라라, 진과 함께 독일에서 여름을 보내고 겨울을 나기 위해 이탈리아에 머물던 1892~93년에 「아담의 일기 발췌」를 집필한다. 겉으로는 여유롭게 가족 여행을 즐기는 듯 보이지만, 실은 사치스러운 생활과 잇단 투자 실패로 생활비도 감당하기 힘든 지경에 이르자 경비를 줄일 목적으로, 17년이나 살았던 코네티컷 하트퍼드의 저택을 떠나 유럽으로 거처를 옮긴 상황이었다. 당시에 마크 트웨인은 열악한 재정 상황으로 돈을 위해 글을 써야 하는 형편이었던데다 「아담의 일기 발췌」를 문예지에 게재하려 하였으나 뜻대로 되지 않자 마지못해 원고를 수정하여 판매하는데, 에덴동산이 나이아가라폭포에 위치해 있었다는 내용이 이때 덧붙여지고, 그렇게 수정된 글이 나이아가라폭포를 홍보하기 위해 만들어진 책『나이아가라 북』에 실리게 된다. 자신의 글이 상업적으로 이용되는 것을 못마땅하게 여기던 마크 트웨인은 1895년에 나이아가라폭포에 대한 내용을 삭제하고 글을 재수정해 1897년에 영국에서 출간된 소설집에 싣기도 하나, 1904년에 미국에서 출간된『아담의 일기 발췌』초판본에는 다시금 나이아가라 버전이 사용된다.

　또한 마크 트웨인은 1905년에 하퍼 앤드 브라더스(1903년에 마크 트웨인과 독점 출판 계약을 체결)로부터 〈하퍼스 매거진〉 크리스마스 호에 게재할 원고를 청탁받고「아담의 일기 발췌」의 자매편으로「이브의 일기」를 구상하고 집필한다. 그와 동시에『아담의 일기 발췌』초판본을 다시 손질하면서 나이아가라폭포 부분을 삭제하고 새로운 내용을 몇 가지 덧붙인다. 마크 트웨인은 이렇게 손본「아담의 일기 발췌」와「이브의 일기」를 잡지에 함께 싣고 싶어하지만, 편집자로부터 지금 당장은 어렵고 적당한 때가 되면 두 소설을 합본하여 출간하겠다는 약속만을 받게 된다. (그러나 마크 트웨인 생전에 그 약속은 지켜지지 않는다.) 그후 1906년에 미국에서『이브의 일기』초판본이 출간되는데, 이 초판본은 잡지에 실렸던 글과 달리 새로 쓴 아담의 일기 일부가 중간에 삽입되어 있다. 이렇듯「아담의 일기 발췌」와「이브의 일기」는 몇 가지 형태의 원고가 존재하며, 이 책에서는 모두 미국 초판본을 번역의 원전으로 삼았다.

마크 트웨인은 「아담의 일기 발췌」를 집필한 후 「이브의 일기」를 쓰게 되기까지 몇 차례 큰 시련을 겪는다. 1894년에 결국 파산 선고를 받게 되고, 1895~96년에 전 세계를 돌며 강연을 한 덕에 재정적으로 다시 일어서지만, 1896년에 큰딸 수지가 뇌수막염으로 사망하고, 1904년에는 아내 올리비아마저 심장병으로 세상을 떠난다. 올리비아를 첫번째 뮤즈, 수지를 두번째 뮤즈라 칭했던 마크 트웨인은 수지가 사망한 뒤에 비교적 짧은 글들을 주로 쓰다가 올리비아가 떠난 후로는 긴 글을 전혀 쓰지 못하게 된다. 그도 그럴 것이, 마크 트웨인보다 교육 수준이 높았던 올리비아가 결혼 전부터 줄곧 그의 원고를 교정하고 편집해주었는데, 한번은 마크 트웨인이 출판사 편집자에게 이런 편지를 보낸 적도 있다. "아내가 아파서, 지난 몇 주 내내 저작 관련 문제에 대해 도움을 받을 곳이 없었소. 내게는 편집자도 검열자도 없소." 그뿐 아니라 마크 트웨인은 여권과 평등에 관심이 많았던 아내의 영향으로 사회성 짙은 작품도 여럿 썼다. 그런 아내가 떠나자 마크 트웨인은 처남 찰스 랭던에게 이런 편지를 쓴다. "나는 나라 잃은 남자일세. 리비가 어디에 있든 그곳이 나의 나라였네."

　『아담과 이브의 일기』는 창세기에 대한 풍자이자 인류 최초의 사랑 이야기다. 그 속에서 에덴동산은 신성을 벗어던지고 세속적인 공간으로 탈바꿈하며, 아담과 이브는 자유로이 서로를 탐색하고 함께 고난을 겪으며 서로의 가치를 깨달아간다. 처음에 아담과 이브는 떠름한 눈초리로 서로를 바라본다. 아담이 보기에 이브는 귀찮게 자신을 졸졸 따라다니고, 세상 만물에 제 멋대로 이름을 붙이고, 쉴새없이 재잘대고, 쓸데없는 호기심으로 끊임없이 엉뚱한 짓을 저지른다. 이브의 눈에 비친 아담은 아름다운 것에 무관심하고, 게으르고 저속하고 몰인정하며, 아둔하다. 그럼에도 두 사람은 서로를 향한 시선을 거두지 않고 서로를 관찰하고 기록하고 사유한다. 그 과정을 통해 무지와 낯섦에서 비롯된 편견과 오해가 걷히고, 두 사람은 서로의 차이를 인정하고 서로를 있는 그대로 받아들이며, 서로의 존재는 서로에게 낙원 이상의 축복이 된다. 최초의 인류는 나와 다른 존재를 배척하지 않고 지긋이 들여다보는 용기를 지니고 있었다. 그 소중한 유산을 물려받은 이들에게 축복 있기를.

김송현정

옮긴이 **김송현정**

고려대학교 경영학과를 졸업하고, 현재 번역가 및 외서 기획자로 활동중이다. 옮긴 책으로는 『고양이 요람』 『이스트, 웨스트』 『제이컵을 위하여』 등이 있다.

문학동네 세계문학

아담과 이브의 일기

초판 인쇄 2021년 4월 13일 | 초판 발행 2021년 4월 26일

지은이 마크 트웨인 | 그린이 프란시스코 멜렌데스 | 옮긴이 김송현정
책임편집 박인숙 | 편집 홍유진 이현정
디자인 김이정 | 저작권 한문숙 김지영 이영은
마케팅 정민호 정진아 김혜연 정유선
홍보 김희숙 김상만 함유지 김현지 이소정 이미희 박지원
제작 강신은 김동욱 임현식 | 제작처 영신사

펴낸곳 (주)문학동네 | 펴낸이 염현숙
출판등록 1993년 10월 22일 제406-2003-000045호
주소 10881 경기도 파주시 회동길 210
전자우편 editor@munhak.com | 대표전화 031) 955-8888 | 팩스 031) 955-8855
문의전화 031) 955-8896(마케팅) 031) 955-2699(편집)
문학동네카페 http://cafe.naver.com/mhdn | 트위터 @munhakdongne
북클럽문학동네 http://bookclubmunhak.com

ISBN 978-89-546-7830-8 03840

www.munhak.com